Título del original alemán: *TAMBO der kleine Elefant*
Traducción de L. Rodríguez López
© 2013 Gerstenberg Verlag, Hildesheim, Germany
© para España y el español: Lóguez Ediciones 2016
Printed in Spain
ISBN 978-84-942733-5-3
Depósito legal: S.11-2016

Stephanie Schneider • Henrike Wilson

TAMBO

el pequeño elefante

Lóguez

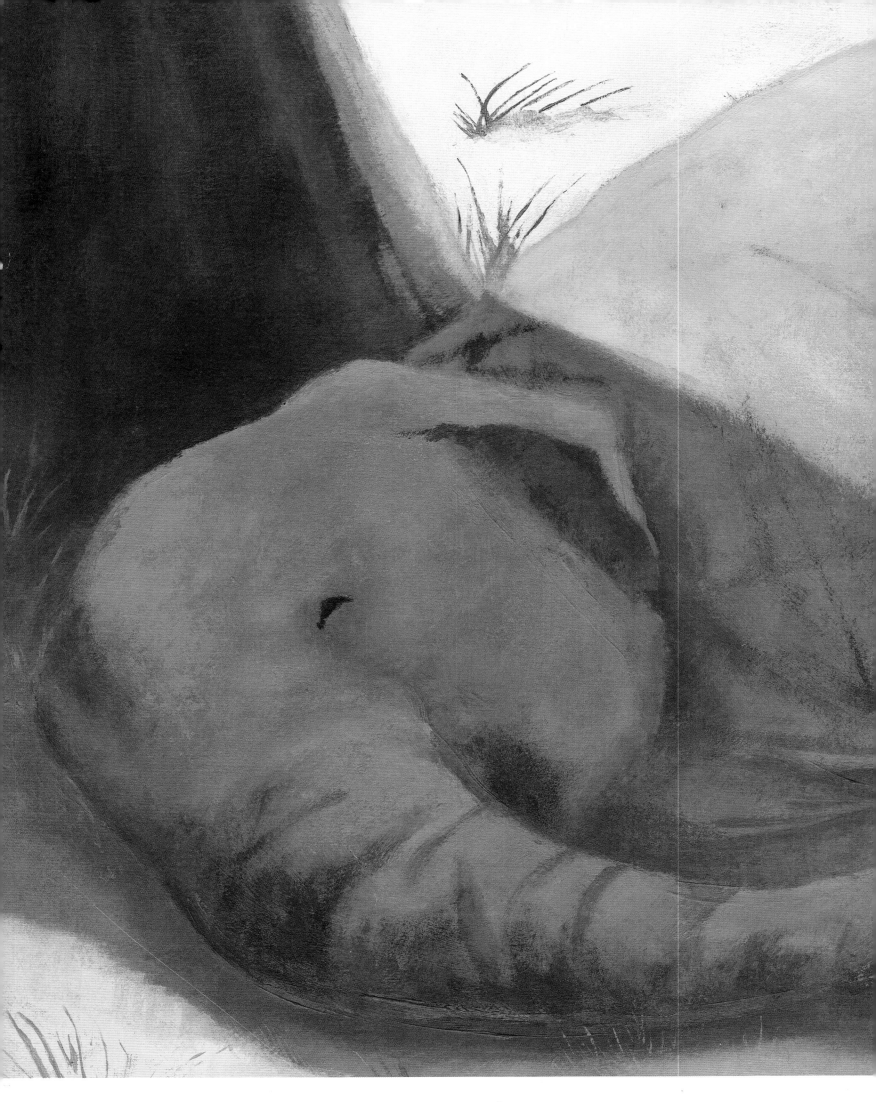

Es mediodía. Mamá y las otras elefantas dormitan. Únicamente Tambo no lo hace.
Conoce algo mucho mejor que la siesta del mediodía.

Con cuidado, se levanta del vientre de mamá y se aleja.

Su amigo, el pájaro, le espera en el gran árbol. «¡Por fin! Estoy aquí sentado desde hace una eternidad», exclama y salta de un lado a otro en su rama.

Al ver la cara larga de Tambo, le pregunta: «¿Qué sucede?».

«¡Jo!», se queja Tambo, «de nuevo no me permitieron ir con los mayores al río.

De verdad, ya no soporto ser siempre el más pequeño».

«Tú no eres el más pequeño. Eres más grande que yo», dice el pájaro.

«Sí, pero tú eres un pájaro. Eso es distinto», suspira el pequeño elefante.

«Ven, te contaré una historia», dice el pájaro y revolotea en su lugar preferido.

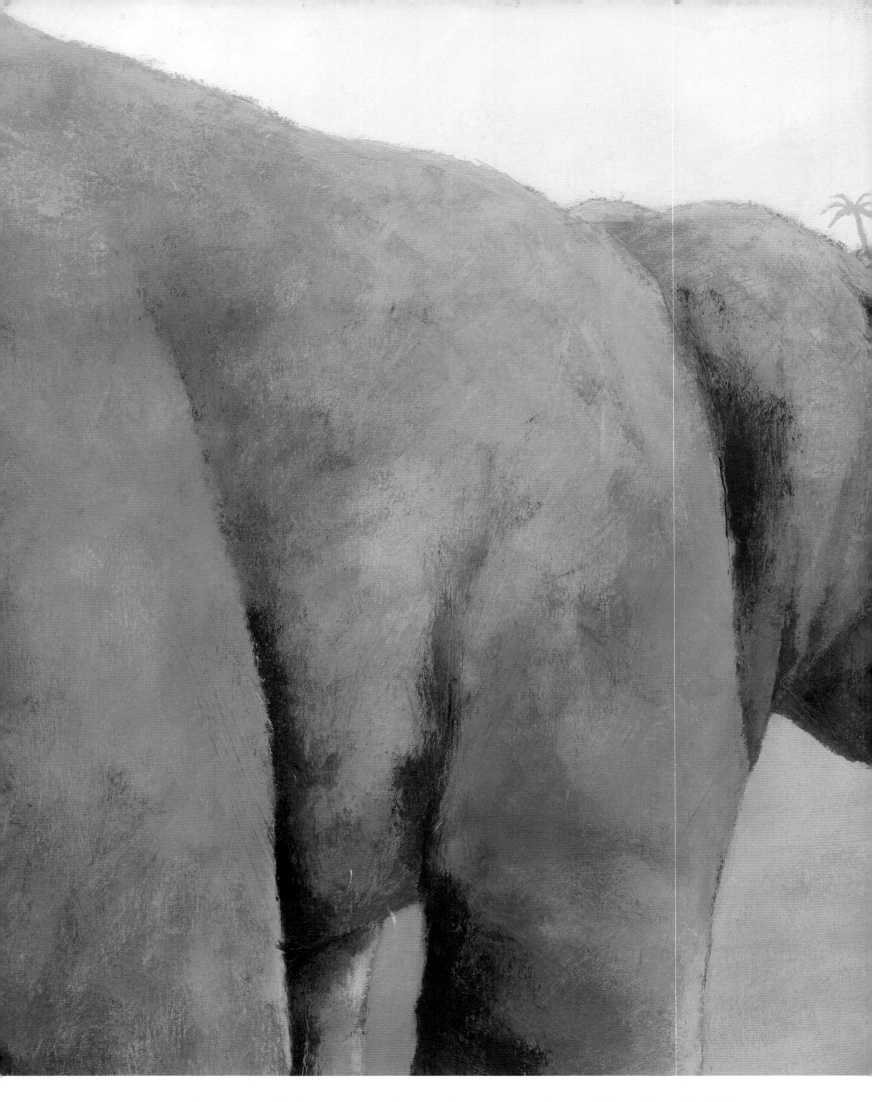

«En una ocasión, varios elefantes pastaban en los campos de sandías, al borde del bosque.
De pronto, un tigre saltó de la espesura. "¡Eh, tú, molestas!", dijo la jefa de los elefantes.
"Estamos comiendo". — "Me da lo mismo. Yo también tengo hambre", gruñó el tigre
y enseñó sus colmillos. Sin embargo, desconocía a quién tenía enfrente. Con su fuerte

trompa, la jefa de los elefantes recogió una sandía y se la lanzó a la cabeza del perplejo tigre. "Dime, ¿es que tienes sandías en las orejas?", barritó la elefanta. "Desaparece, he dicho". Asustado, el tigre salió corriendo y desde entonces no volvió por allí. Por eso, los elefantes llamaron a su jefa Mahima, que quiere decir "magnífica"».

Con los ojos brillantes, Tambo regresó junto al resto de la manada. Los demás, todavía dormitaban. «¿Qué tal, mi pequeño?», dijo mamá y su suave y bonita trompa acarició la piel de su hijo. «¿Por dónde has estado de nuevo?».

«Yo no soy pequeño», protestó Tambo. Y murmuró: «Tú también eres pequeña», pero tan bajo que ni siquiera las grandes orejas de mamá pudieran oírlo. Esa noche, Tambo soñó con sandías.

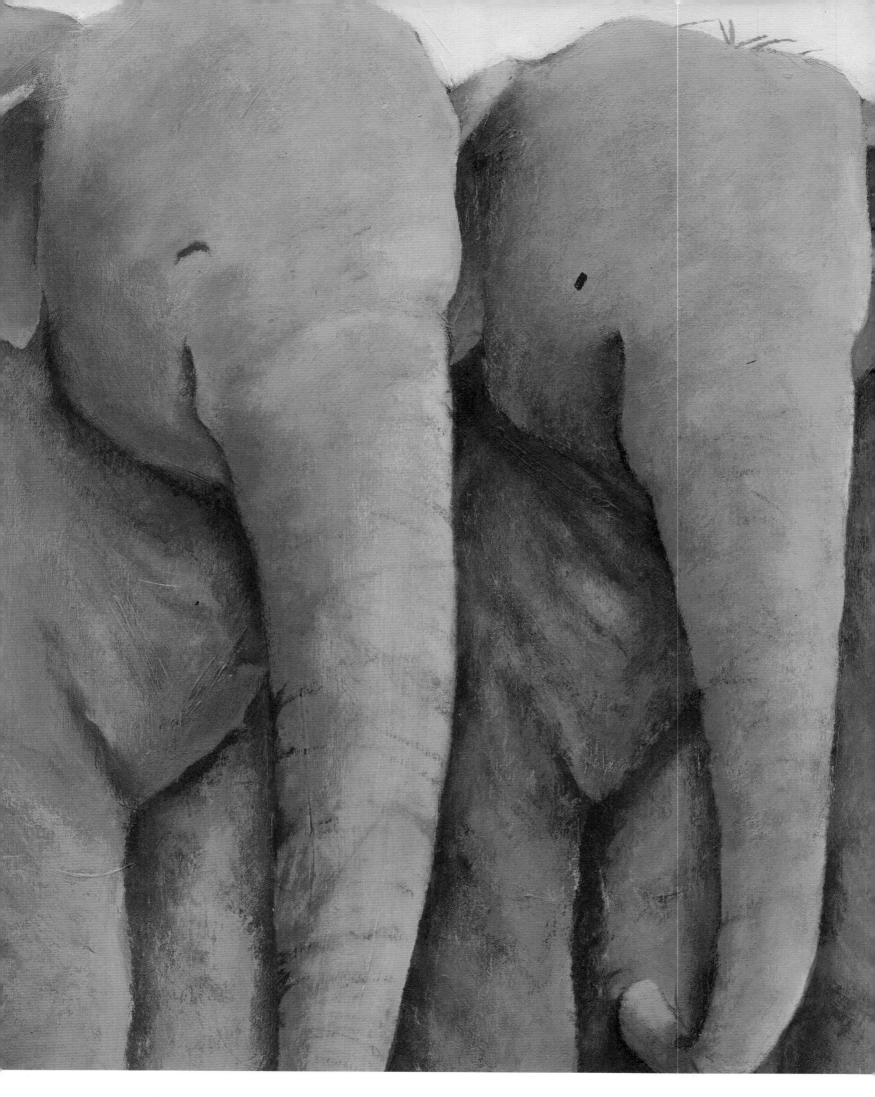

Y a la mañana siguiente, cuando salía el sol, anunció a los elefantes:

«Venid todos cuando se ponga el sol a la <u>explanada</u>, donde se encuentra el gran árbol».

Hoy era un día especial. Apropiado para actos heroicos.

Los demás elefantes también parecían notarlo. Durante todo el día se mantuvieron agrupados, apoyándose bien en una u otra pata. Y eso solamente por mí, piensa orgulloso Tambo. Al atardecer, abandona la manada.

«¿De dónde vienes?», pregunta el pájaro al ver a su amigo.

«Del campo de sandías, al borde del bosque», explica Tambo, jadeante.

«¿Qué te propones?». — «La prueba de valor del tigre. Esta noche. Aquí, en la explanada».

«¿Quieres hacer una batalla de sandías con el tigre?», pió el pájaro. «¡Pero eso es peligroso!».

«¡Claro que lo es!», resopló Tambo. «Y tanto. El tigre tiene que pasar por allí. He invitado a todos». Va acarreando una sandía tras otra. No es tan fácil, ya que son bastante resbaladizas para la trompa. «Siete, ocho, nueve, diez», cuenta Tambo. «Suficientes». Ahora solamente necesita esperar. A los espectadores y al tigre.

Pasan las horas. Hace tiempo que ha oscurecido, pero no ha venido nadie. Ni mamá ni tampoco los demás. Ni siquiera el tigre se ha dejado ver.

«No le des importancia», dice el pájaro. «Si yo fuera un tigre, tampoco me habría atrevido a venir. En realidad, esas cosas parecen peligrosas».

Lanza una nostálgica mirada a las sandías. «Y ricas. ¿Puedo probarlas?».

«Puedes quedarte con todas», suspira Tambo. «Yo ya no las necesito. Pero ten cuidado. Son bastante resbaladizas». Con las orejas caídas, emprende el camino hacia su casa.

Los elefantes están allí como si no hubiera sucedido nada.

«¡Por fin!», gruñen. «Llegas en el momento adecuado». Se desvían a un lado y dejan a Tambo en el centro.

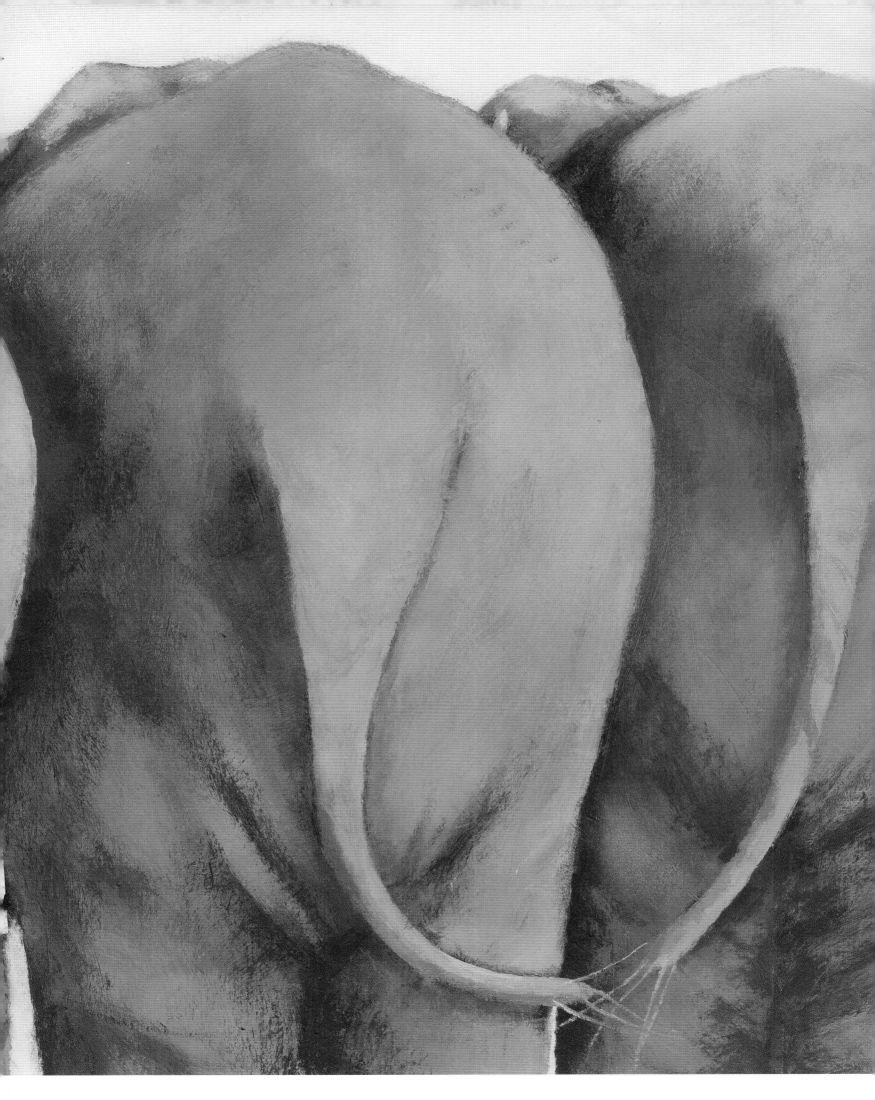

Ante él, se encuentra mamá. Grande y gris y cariñosa como siempre,
pero no está sola.

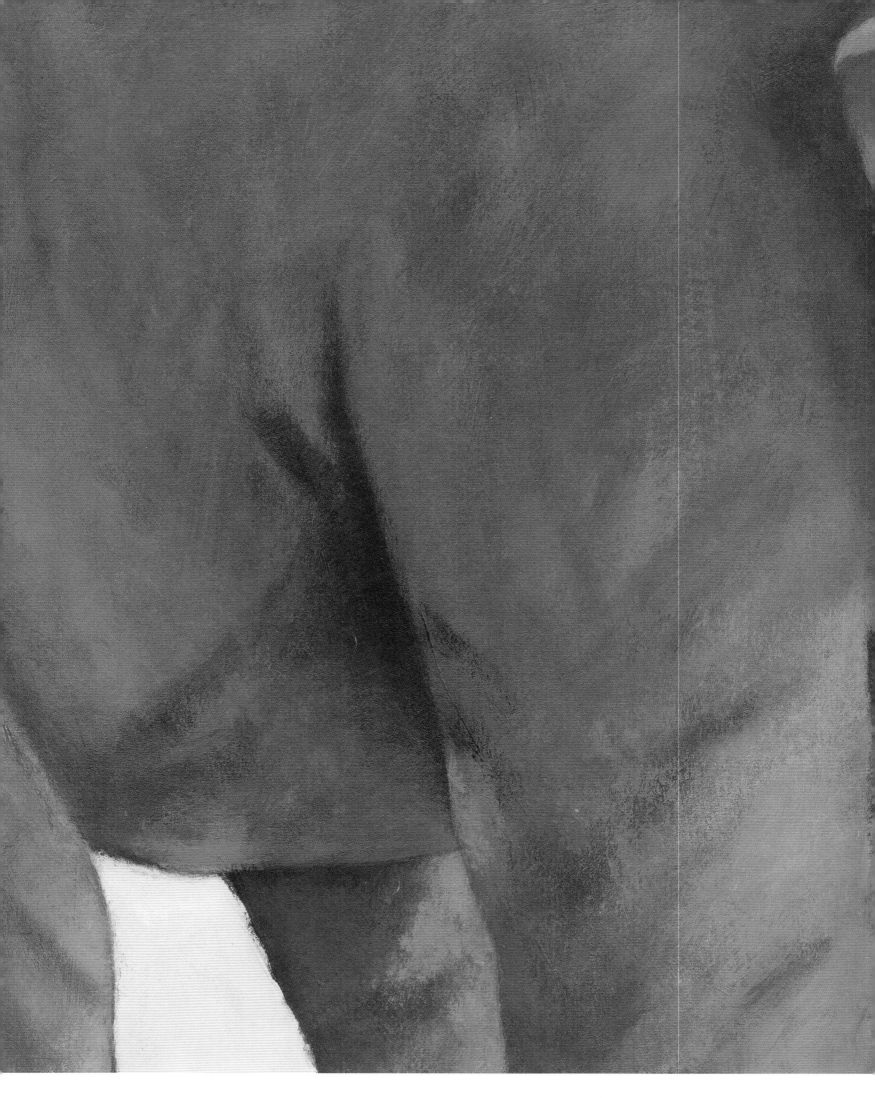

Con ella se encuentra un bebé elefante. Uno todavía mucho más pequeño que él mismo.
Marrón y con la piel erizada, está entre las piernas de mamá.

«¡Oooh!», dice Tambo muy bajo, y entonces, el bebé elefante gira la cabeza y lo mira con curiosidad.

«Qué bien que estés aquí», dice mamá. «Ahora te necesito. Tenemos que buscar un nombre para tu hermana».

Tambo no se mueve y solamente tiene ojos para su hermanita elefanta. ¡Qué pequeña es!
Mucho más pequeña que todos los demás elefantes que Tambo había visto.

«Pienso que debe llamarse Mahima», dice con voz firme.

«¿Mahima?».

«Sí, quiere decir "grandiosa"».

Dubitativos, los enormes animales miran al bebé elefante que tienen ante sí.

Uno, dos pasos. Se tambalea por la hierba sobre sus temblorosas patas y termina cayendo de bruces.

«Bueno, grandiosa, precisamente no lo es», se burla una de las elefantas.

«Todavía no», dice mamá y sonríe a Tambo. «Pero, con un nombre así, puede llegar a serlo».

Es mediodía. Mamá y los demás elefantes dormitan y a Mahima se le deja el mejor sitio directamente al lado de la barriga de mamá. Pero no importa, piensa Tambo.

Su hermana todavía es pequeña. Y, de todas formas, Tambo conoce algo mejor que la siesta del mediodía...